조이와의 키스

조이와의 키스

배수연 시집

민음의 시 244

민음사

조이에게

너에게 줄 수 없는 것들의 목록을 쓰다 밤새 흰 뿔이 생겼다
이 예쁜 봉오리 좀 봐!
너는 길고 뾰족하게 입을 맞춘다

2018년 2월
배수연

차례

3부

1부

여름의 집

여름의 집, 여름의 집
대문을 열면
코끼리 울음을 길게 우는 푸른 경첩

여름의 밤, 여름의 밤
식탁의 초들이 흰 여우처럼 목을 위로 길게 빼는
아아
여름의 밤, 여름의 밤

아브라함의 별처럼 미래의 편지들은 모두
너를 위해 쓰이고
우리는 자손이 없어도 행복하지

나를 모두 비워 너에게 줄게
아무리 비워도 허전하지 않고
나를 다 받고도 너는
나를 닮진 않지
너는 결국 우리의 마지막 페이지를 숨겨 놓았지만

우우우우

원숭이들은
밤하늘을 보고 아름다움을 알까
원숭이들은 서로의 목덜미에
불을 가져다 대는 놀라움과 슬픔을 알까

여름밤의 폭죽을 봐
울음이 결국 우주의 먼지가 되는 것을
별들은 폭죽에 눈이 멀어
검은 화약 덩어리가 되었어
너의 목에 떨어진 불덩이를
장마는 처마에서 기다리고

나는 밤새 장마를 받아 적어
아무리 크게 읽어도
너는 빗소리밖에 듣질 못하고

그래도 상관없지

나를 모두 비워 너에게
여름의 더위와 부패 속에서
나뭇잎들은 잎맥을 열어
초록을 흘리는
여름의 집, 여름의 집

조이와의 키스

*

조이의 어금니 중 하나는 박하사탕일 것이다
나는 늘 그 안쪽을 열심히 핥아 주고 싶었다
조이네 집 아치 위로 무거워지는 장미
조이는 아침으로 무엇을 먹을까

*

나는 조이네 집 뒤에 서서 팔목을 흔드는 널린 이불
피로해진 그 애가 눈을 감으면 비밀이 눈뜨는 오후의 티
타임
졸린 조이는 테이블 위로 홍차를 쏟을 것이다
테이블보는 내 옆에 널릴 것이고 나와 태양은 숨은 얼룩
을 다시 찾아낼 것이다

*

자주 물구나무를 서는 조이
다리 사이로 발목을 감싸는 매끄러운 얼굴
거꾸로 선 사이 신발 위로 구름처럼 흘러갔을 조이의 유년
나는 기억나지 않는 꿈속에서도 늘 그 시간을 베껴 그

렸다

*

오늘 조이의 눈은 새 자전거처럼 현관에 기대어 있다

*

분명 키스를 아껴 두었을 조이

조이의 첫 키스는 아치 위로 핀 장미 꽃잎을 모두 떨어뜨릴 것이다

그 날이 다가오면 나는 빨랫줄에서 내려와 무척 하얄 것이고 조금은 지쳐 있을 것이다

우리의 키스는 조이가 매일 쏟았던 홍차의 테두리를 더 진하게, 진하게 그려 줄 것이다

조이와는 틀림없이 그럴 것이다

오로라 꿈을 꾸는 밤

1인용 철제 침대에서 너와 포개어 자다가
잠이 깼어 홀로 일어나 네 발밑으로 가니
침대 난간 밖으로 길고 가느다란 너의 발이 빠져나와 있네

너의 아름다운 몸이 침대 위에서도 웅크려야 하는지
나는 와락 눈물이 안기는 걸 뿌리친 채로
세상에서 가장 가느다란 눈썹을 꺼내 네 발에 시를 적었어
아니 그건 코란이나 성경이었을지도 모르겠다

블라인드 틈새로 달빛이 우리 몸에 그리는 줄무늬 위에
허밍을 놓았어
그건 앙상하고 추운 음색
누군가는 가난을 모르는 척 침대 머리맡에 창을 내었지

아, 마침 네가 꾸는 꿈이 창밖으로 지나가네
관을 우주로 쏘아 보내는 우주장(宇宙葬)인가 봐
우주에서 티타늄으로 된 관들이 여전히 여행 중이야
우주로 떠나기 전에 우리 오로라를 보자

지금 창 너머로
하늘을 삼키는 진홍 오로라

오로라를 뚫고
금속의 관 속에서
별처럼 빛나는 우리

청혼

너에게 할 말이 있어
쉿, 숲 속의 양들이 춤을 추고 있네
캐럴에 흔들리는 종처럼 신이 나기 시작했어
조금만 조금만 기다려 볼래

너에게 줄 선물이 있어
이런, 목에 깃털이 잔뜩 뽑혀 있네
빨갛게 부푼 곳에 맑은 꿀을 발라 줄게
조금만 조금만 가까이 와 봐

바람 없는 날의 나뭇잎은 정말
움직이지 않는 걸까
우리가 함께 서 있을 때에도
조금씩 흔들리고 있는 나의 지친 헝겊들을 네가 알아봐
줄까
너의 외투 속을 날아다니는 작은 새
그 새의 둥지를 부수지 않고
너를 꼭 안아 줄 수 있을까

선물 상자를 열면 뜨거운 수증기가 올라온다
앵두들이 한 움큼 익어 가고 있을 거야
너의 안경이 하얗게 변할 동안
나는 눈을 세 번 깜빡깜빡하고
그사이 두 번 입맞춤을 할게

양들은 색 전구를 켜러 집으로 돌아가고
목에는 아카시아 향기가 남았구나
너에게 할 말이 있다는 걸 아직 잊지 않았다면
매일매일 너에게 선물을 주고 싶어
함께 호호 불어 가며 익은 앵두를 먹자

수많은 낮과 밤
피어오른 수증기가 우리의 머리에 폭설로 앉는 동안
나의 눈은 너의 곁에서
깜빡깜빡 입맞춤을 하고 있을 거야

조이와의 여행

　조이와 나는 떠나기 전날 염소 가죽 주머니에 빛이 터지는 포도 알갱이를 잔뜩 싸 두었다 쓰러진 호두나무 테이블 굽이치는 나뭇결 위로 배를 띄우면 남부에서 북부로, 북부에서 서부로 가는 가장 빠른 길! 팔뚝이 아프면 해를 보고 포도 알을 먹었다 내가 키를 잡으면 노래를 해 주는 조이 콘센트 구멍 같은 눈을 깜빡이는 예쁜 조이 바퀴벌레가 많은 여관에서는 용감해지는 주문을 외워 볼래? 네가 쓰고 개어 놓은 반듯한 수건을 보면 내 구겨진 속옷이 부끄러운 걸 어젯밤 나는 포도 알에 네 얼굴을 새겨 세상에서 제일 작은 스테인드글라스 잔을 만들었지 딱딱하게 굽은 새끼손가락으로 오팔의 빛나는 약속을 하는 나의 조이 나는 새겨 놓은 잔을 주머니에 숨기고 조이의 굽은 손가락을 작은 지팡이처럼 걸어 잡고 한낮이 지나도록 앉아 있었다

비숑큘러스

라넌큘러스들이 짖고 있다
소리 없이 뭥뭥

애인은 태어날 때 엄마 개 똥구멍에서
연기와 함께 팡! 소리가 났을 법한
개를 좋아했다
비숍? 아니 비숑 프리제다

맙소사
큘이라니, 숑이라니
외래어에서 이런 글자들을 보고 만다면
낮잠이고 뭐고 그날은 끝장이 난 거다

큘하면
윙크를 하며 휘어져야 하고
숑하면
발바닥에 쿠션이 생겨야만 한다

비숑큘러스, 비숑큘러스

나는 이상한 동작으로 꽃을 주문하고
아줌마는 으레 있는 일인 듯
푸드드 샴푸를 터는 비숑큘러스를
두어 단 안아 목에 방울을 달고 있다

애인이 사뿐히 받아 올린
비숑
거리로 나와 코너를 돌자
엉덩이를 흔들며 반짝이는
큘러스

애인아
우리에게 슬픔이 있다면
짖지도 못해 모가지를 꺾고 죽는 일은 없을 거야
우리에게 기쁨이 있다면
태양 아래 줄지은 혀를 앞발처럼 내밀 거야

사뿐히 받아 올린

비숑
엉덩이를 흔드는
큘러스

기념일

우리가 두 마리 범고래라면
깊은 곳에 우리의 바다 동굴이 있다면
그 동굴에 물이 흐르는 식탁을 놓고
나란히 흰 배를 내밀고 앉는다면

화로에서 감자들은 광산의 알전구처럼 그을고
단지마다 포도주에 산호꽃이 익어 간다면
용케도 용왕의 식판을 훔쳐 왔더니
식판의 겨울과 여름은 너무 넓고
가을과 봄은 너무 좁다면, 점점

감자는 배 속에서 싹이 나고 꽃이 피고
산호는 붉게 취해 혈관처럼 자란다면, 그러다
불쑥 부케로 배꼽을 가렸던 날이
뚜벅뚜벅 액자에서 걸어 나온다면

우리가 배가 부른 섬처럼 떠오른다면
철새들은 허공에서 손뼉 치다 우르르 그 섬 위로 떨어진
다면

입이 큰 밤은 이 모든 것을 담아내어
오래도록 머금는다면
그 밤이 새어 나가지 않도록 우리가
밤새 미장을 한다면

닥터 슬럼프

우리는 수많은 배를 띄운 왕국의 주인
풀 먹인 돛에 별가루를 뿌리다 눈을 잃은 연인

너에게 순도 100퍼센트의 일요일을 줄게 우리는 눈먼 체스를 두거나 해수욕을 하며 보물을 찾으러 간 선장을 기다리자 그가 황금으로 된 시와 노래들을 가져다줄 거야 황혼의 바다 위로 당근이 갈리는 시간이면 우리는 튜브 아래로 빨대를 꽂고 당근 주스를 마시겠지 뿌우— 뱃고동 소리에 부두가 멀리 밀려나고 멀어지는 부두를 붙잡고 떨어지는 태양으로 고개를 돌리면 천 개의 돛을 펼친 함선과 보물들의 함성 우리는 그것을 모두 모아 귓바퀴에 감아 둘 거야 도무지 아무것도 쓰지 못하는 밤이 오면 귓바퀴를 풀어 하나씩 하늘 위로 쏘아 올리겠어 밤하늘엔 바다와 왕국과 함선의 무늬들이 보물들의 함성을 터뜨리겠지 우리는 혹독한 밤의 정수리에 돛을 펼치는 왕국의 주인 책상 위 흰 종이 사막에서 폭죽을 터뜨리다 눈을 잃은 연인

트럼펫 트램펄린

트럼펫 트램펄린 머리가 동그랗고 방사형 공기의 울림이 있는 공─연! 금속과 탄성 있는 고막과 버튼과 점프와 부딪치는 작은 어깨와 피아노의 흰건반 같은 너의 스타킹 검은건반 같은 내 반바지는 자꾸만 내려가고 무대 구석에서 웅크리고 쳐다보는 겁먹은 네 동생 짤랑거리며 무대로 쏟아지는 동전 부우 하고 부푸는 볼의 바람은 숨이 차고 숨이 넘치고 콧잔등 위에 맺히는 구슬땀과 박수 너는 한참 올라갔다 황금 빵 속으로 떨어진다 그 속에 트럼펫의 뿌우 낮은음이 자꾸만 빵을 부풀린다 너무 좋아 트럼펫과 트램펄린이 쉼 없이 황금색으로 구워지는 따뜻함 속에서 너와 내가 속을 하얗게 파고들며 가는 손가락 사이로 부드러운 살을 만지는 시간─ 엄마, 오늘 우리는 장롱 속에서 별을 낳을 거야 우리가 태어났을 때처럼 두드리면 실로폰 소리가 나는─ 아이들은 해가 넘어가는 시간에 트럼펫과 트램펄린이 나란히 지구 한 바퀴 돌아오는 것을 본다

조이라고 말하면 조이라고

조이라고 말하고
눈을 감으면
해를 보고 아픈 눈이 그리는 잔상
긴 코를 하고

몰약을 타러 줄을 섰던 오후
탐지견에 목이 물려 마법사는 죽었다고
줄을 선 채 장례를 치르자 또 다른 마법사가 선출됐다

조이라고 말하고
손을 내밀면
아래로 바람이 많이도 지나가네
다리를 털리는 일 익숙하지만
빈 주머니 요란하게 부풀 때마다
나는 머쓱하게 웃어야 했다

조이라고 말하고
욕조를 채우면 수도꼭지처럼
긴 콧물을 하고

내가 죽인 화초들을 욕조 안에 넣는 손

조이
그것들은 모두 약을 타러 간 사이에 죽은 거야
수가 놓인 소매에 코를 묻히며
우린 열심히 열심히 줄을 섰잖아
네가 떠나던 날 뒤통수에 대고 외쳤지만
너는 매일 저녁밥을 지어 돌아오고

어둠 속에서
나를 건널 수 있게 해 줘
지구라는 바다에 긴 성호를 긋는 밤

조이라고 말하면
그래 나는 조이
대양을 벌려 한 번 더 말해 주는 입술

고백

── 아이들에게

나는 막 큰 산을 삼킨 것만 같아
이 산으로 네게 궁전을 지어 줄게
이것 봐, 너에게 말을 할 때마다
목을 타고 이렇게 붉은 흙이 흘러

벌써 세상이 끝나서는 안 돼
아직 첨탑의 키와
웃음소리가 모자라

탑의 작은 창의 아무 커튼
그걸로 세상을 다 가려 볼까
심심하면 창밖으로 한 조각 손을 내밀어 봐
시샘 많은 사람들은 아주 흰빛으로도
그 손목을 벨 수 있지
그러나 아직 우리의 키와
웃음소리가 모자라

취할 필요는 없어
술로 유리와 타일을 빚자

미끄러워 그만 골반이 다 부서지면
추락한 샹들리에처럼 낱낱이 흩어져 구르자
집사와 시녀들이 진땀을 섞어 꿰어 놓은 우리
무도회 중앙에 선 황금상처럼, 오누이처럼

피를 나눈 사금들이 붉은 흙 속에서 반짝이는 것을
이것 봐, 너에게 말을 걸 때마다

우리들의 서커스

그대,

천막이 기울면 별을 녹인 물이 구두 속으로 흘러들었습
니다

오소리가 흰 드레스 자락에 불을 붙였고

타는 불과 흐르는 물을 가로질러 그대가 오는 것이 보였
습니다

우리가 나누는 말들이 서커스단 코끼리 발아래서 놀았고

나는 사자의 이빨에 줄무늬를 그렸습니다

스스로 누군가를 위해 태어났다고 생각하는 것은 너무나
무거워서

우리는 일부러 하품을 크게 했지만

한 번도 서커스 단원들을 잊어 본 적이 없습니다

우리는 매일 커다란 단지에 눈물을 쏟고 코끼리 여물을
삶았습니다

뜨거운 김을 쐬어 눈알을 씻으면

천막 밖으로 아직은 너그러운 바람과

누구도 보지 못한 짐승의 냄새

손바닥이 따뜻한 당신의 휘파람과

그래도 가끔씩은

우리를 대신해 그네에 오르는 별들이 녹으며
싸르락 싸르락 반짝였습니다

2부

태어나자마자 눈을 감아야 하는 마을이 있다* 1

나는 태어나기 전에 마을 사람들의 꿈에 먼저 태어났다 그때만큼 즐거웠던 적은 결코 없다 꿈은 눈을 감고 있었다 그런 눈은 마르지 않아 멋대로 흘러 다닐 수 있었다 나는 물고기나 달, 과일이거나 자라, 뱀이거나 보석이었다 그건 이미 태어난 이에겐 주어지지 않는 프리패스였다 나는 이 사람 저 사람의 꿈을 들쑤시고 다녔다 아무 남자의 다리를 휘감고 허벅지를 깨물었고 특정 여자들 앞에서는 쩍 벌어졌다 이 재미에 푹 빠졌을 무렵, 엄마에게 마을 사람들이 왔다 "나한테 당신 애가 들어섰어." "쉬지 않고 꿈틀거려." 엄마는 내가 어떻게 생겼는지, 뭘 좋아하는지 열심히 물었다 사람들은 제각기 말했고 제각기 찾아와 끊임없이 떠들었다 "글쎄." 마지막 찾아간 꿈에서 요요에 빠진 내 형제가 말했다 나는 그때 우리 집 마당의 큰 달이었다 "어쨌거나 네가 무엇이든, 언제라도 되돌려 놓을 거야." 그의 손으로 요요가 빨려 들어갔다 그날 나는 달의 분화구를 움푹 꺼 뜨리며 내 눈을 삼켰다 태어나자 마을 사람들은 내가 달인지 과일인지 자라인지 뱀인지 말해 주지 않았다

* 노상호의 그림, 「태어나자마자 눈을 감아야 하는 마을이 있었다」.

지붕 수집가

나는 지붕을 바꾸고 다니는 거인
지붕 수집가

거인이라면 기다란 꼬챙이로 밤을 찔러 봅니다
푹 익어 밤의 반대편까지 관통하는 밤이라면,
거인이 움직입니다
그날은 아무리 느린 거인이라도
세상 끝에서 끝까지 다녀 볼 수 있습니다
나는 날아 봅니다 괜히 발끝을 휘저어 봅니다
떼를 지어 날던 거북이들 채여 나갑니다

나는 마음에 드는 지붕을 조심스레 열어 봅니다
사실 거인이라면 당연히 그렇게 할 겁니다
인간들도 상자를 열어 보길 좋아하니까요
심지어 인간은 상자 안에 들어가 삽니다
하지만 거인은 어떤 상자에도 들어갈 수 없으므로,
거인입니다

마을은 고요합니다

지붕들의 배치는 어떻습니까

　딱히 지붕이랄 것도 없는 빌딩들은 불행한 번역처럼 서
있습니다

　나는 러시아의 궁전과 영국의 작은 극장과 일본의 성공회
성당과 케냐의 유치원과 한국의 향교와

　산동네의 지붕들을 쓰다듬습니다

　어떤 것은 서로 바꿔 놓고 어떤 것은 자루에 넣어 둡니다

　거인은 어떤 지붕 아래도 들어갈 필요가 없으므로,

　거인입니다

　나는 가져온 지붕들을 모아 놓고 잠이 듭니다

　지붕들은 내게 잘 보이려는지 오래도록

　헝클어진 정수리를 다듬습니다

살아 있는 생강

너희는 내 생강이 궁금할 거다
내 살아 있는 생강에 관해 이야기해 주지

그것은 저몄을 때 코끝을 잡고 비트는 진하고 날카로운 냄새, 하나의 묵직한 빗이다

그 빗으로 얼룩 고양이의 몸을 빗겨 주면 녀석은 천 일 밤낮을 자지 않고 지나는 길마다 달빛이 생강의 속살처럼 반짝이며 흐르는 강을 파 놓을 거다

살아 있는 생강? 그것은 춤추는 빌렌도르프의 비너스다

젖가슴과 엉덩이가 전부인 구석기 여자의 몸에 떨어진 풀잎은 태고의 리듬이다 생강의 주름들은 그루브다

그렇지, 살아 있는 생강은 11센티미터의 이형 성기다

의사가 고래를 잡으려고 달려들었다가 간호사들이 지르는 비명에 고막이 찢어져 오른쪽 왼쪽 모두 스무 바늘을 꿰매었다고 한다 그러나 간호사들은 곧 생강의 유쾌함에 빠져들었다

살아 있는 생강,

나는 그것으로 공작새와 코뿔소를 잡을 거대한 엿을 만들었다

공작새와 코뿔소는 생강엿을 핥다가 그 속에 부리도 집어넣고 뿔도 집어넣고 깃과 살까지 넣은 채로 아름다운 빙하가 될 거다

그 빙하는 9만 년 뒤에 다시 나타나 투명한 몸을 녹일 테고

여전히 고양이와 간호사와 코뿔소와 너희는 내 생강을 사랑할 것이다

한모금 씨 이야기

잠든 새들의 머리마다 파마를 하고 달아나는 사람이 있
었다
그는 새들의 작은 머리에 파마를 하거나 색을 물들이고
갔다
잠에서 깨면 새들은 다른 새가 되어 있었다

그것은 한모금 씨의 어린 시절 장난이었다
그는 뭐든지 한 모금만 필요한 사람이었다

한 모금만 파는 콜라는 없냐고
한 모금만 파는 커피는 없냐고
새들처럼 머리를 조아리고 물었다

사람들은 한 캔이나
한 잔을 줄 수는 있었지만
한 모금을 주는 방법은 몰랐다

그에게 세상은 너무 과분한 것이었다
그의 심장은 새처럼 작았지만

몸집은 새의 80배나 되었다

그는 사람들 사이에 앉지 못했다
같은 곳을 수천 번 날아다니며 날개 접을 곳을 찾았다
용기를 낼 때마다 가슴이 두근거렸고
귀청에서 비단이 찢어지는 소리가 났다

한모금 씨는 잠시 앉았다 다시 자리를 뜰 때마다
앞머리를 흔들어 색을 바꾸었다

그럴 때마다 다른 사람이 되는 것이라고
뾰족한 발톱을 모으고 속삭이고 있었다

오렌지빛 줄무늬 교복

　나는 우리 반 회장이고 정육점 집 딸이다

　학기 첫날 담임 선생님이 자기가 채식주의자라고 소개
했을 때 내 오소리 같은 심장이 두근거렸다 학부모 총회에
못 나오는 엄마는 갈색 소스가 흐르는 싸구려 햄버거를 배
달시켜 아이들 입에 넣어 주었다 창가에는 남자 회장이 가
져온 베고니아의 똥꼬에 수술이 저 혼자 길게 자라났다 틈
만 나면 손을 씻고 크림을 바르는 담임 선생님의 손등에서
풍기는 아, 저 오렌지 냄새…… 엄마가 잘라 주는 오렌지에
는 고기 자르는 쇠칼 냄새가 났다 나는 오렌지 냄새가 너
무 좋아서 두꺼운 오렌지 껍질을 온몸에 문질렀다 벗겨져
바닥에 마구 흐트러진 오렌지 조각들과 눈이 마주쳤을 때
의 저릿한 슬픔, 토도독 내 홍채의 알갱이들이 터지며 흐르
는 것을 혀로 맛보았다 엄마가 쓰는 쇠칼의 씁쓸하고 비린
쇠 맛이 나는—

　엄마표 오렌지를 생각만 해도 오렌지 살처럼 부푸는 내
가슴과 하얀 속껍질처럼 갑갑한 속옷 아래로 뻑뻑해지는
음모들, 담임 선생님은 턱밑까지 스타킹을 올려 신고 가짜
속눈썹 아래로 일쑤 미소를 흘린다 뻘건 닭볶음탕 국물을
퍼 주며 찌푸리던 선생님의 표정과 나보다 키가 작은 남자

아이들이 머저리처럼 그것을 핥아 먹는 점심시간, 서로의
다리 사이를 후비며 바짓가랑이 아래로 흐르는 베고니아
똥꼬의 유혹에 실내화가 물든다 나는 커서 엄마가 될지 담
임이 될지 알려 주지 않는 창문 밖으로 내리는 황사 섞인
단비를 내다본다 세상은 온통 탁한 오렌지, 오렌지빛 줄무
늬 교복을 입고 있었다

병원놀이

엄마

이렇게 바람이 불면
배가 아파요
약을 먹고 눈이 파래졌던
그날처럼

배가 아파서
약을 먹었는지
약을 먹어서
배가 아팠는지
아무도 기억하지 못해요

헝클어지는 머리칼
머리를 쓰다듬는 커다란 손

엄살쟁이야
주사 맞기 싫으면
선생님 뺨에 입을 맞춰 봐

커튼 뒤에 엄마의 숨은 발이 이쪽에서 저쪽으로 저쪽에
서 이쪽으로
벽지의 야자수 무늬마다 엄마 눈이 대롱대롱
나는 왼쪽 눈 코 입을 비스듬히 걸어 놓고
의사의 뺨에 키스했어요
광장에서 똥을 싸는 개처럼

병원에 가려면 토큰이 필요해요
버스 토큰에 구멍이 있었는지
구멍에 새끼손가락이 얼마큼 들어갔는지
이제는 기억도 나지 않지만

누군가 팬티를 자꾸 갈아입히는 것 같아요
바람이 불면요

그는 참 좋은 토스트였습니다

그는 참 좋은 토스트였습니다

짐짓 엄숙한 표정으로 못난이 핫도그가 추도문을 읽었
습니다

그는 아름다웠지만 뽐내지 않았고
그는 가진 것이 적었지만 인색하지 않았고
그는 경직된 순간에도 유머를 잃지 않았으며……

아, 솜사탕은 이 대목이 너무 슬픈 나머지
눈물을 흘리며 아랫도리를 적셔 버렸습니다

토스트의 두 귀는 얼마나 적당한 갈색이었는지
아침 햇살에 윤이 나는 정수리는 얼마나 단정했는지
그의 가슴은 얼마나 바삭하고 부드러웠는지
토스트기에서 튀어 오르던 그의 명랑한 까꿍

모두가 눈을 감고 그의 아름다웠던 모습을 떠올렸습니다

그가 모는 버스는 그를 닮은 진실된 사각형이었습니다

버스 안은 고소한 냄새로 가득했고

우리는 따뜻한 배를 두드리며 아기 엉덩이 같은 일출을
함께 본 친구였습니다

아, 누가 그의 버스를 호수로 몰게 했습니까?

그날따라 호수의 우유는 왜 그리 불어났던 건가요?

그의 성긴 속살이 뿌옇게 풀어지는 것을

포악한 오리와 잉어들이 달려드는 것을

우리는 막지 못했습니다

성가가 울려 퍼지고

딸기 잼과 땅콩 버터는 이마를 맞대고 흐느꼈습니다

가로세로 4×6, 호두나무로 짠 관 위로 무수한 국화꽃이
떨어졌습니다

이제

토스트가 없는 아침을 맞아야 합니다

차가운 시리얼을 삼켜야 할 것입니다

그러나 용기를 내십시오 그리고 잊지 마십시오
그는 참 좋은 토스트였습니다

태어나자마자 눈을 감아야 하는 마을이 있다 2

이따금 마을의 초인종이 동시에 울렸다 지붕에서 놀란 새들은 우우 오른쪽 발과 왼쪽 발로 굴뚝에 둥지를 빠뜨렸다 마을 사람들은 벽난로에서 구운 알을 주워 실컷 먹고는 우리 집에 찾아와 언성을 높였다 나는 그렇게 빠르지도 않고요, 손가락이 많지도, 길게 늘일 수도 없어요 나는 눈물을 흘리며 일기장에 적어 놓았지만 찢어서 대문 앞에 붙이지는 못하고 숨어 있었다 "왜 이 집만 벨이 안 울려요?" "동네 새들이 다 없어지면 당신네가 수입이라도 해 올 건가?" 엄마는 내가 태어날 때 크게 울지 못해 그렇다며 사람들을 다독여 보냈다 엄마가 잠든 나를 바라볼 때 생각했다 그래, 나는 무역왕이 되는 거야, 세상의 모든 새를 사야지! 초인종이 울릴 때 붕새를 타고 하늘 위에 있을 거야 범인도 잡고 누명도 벗게 되겠지— 반쯤 열어 둔 창으로 커튼이 떠오르며 엄마에게서 나를 감추었다 붕새를 타면 이런 기분일까, 시원하고 간지럽고 보이지 않는…… 사람들은 새를 먹고 재를 묻힌 입으로 무슨 말을 할까 나는 알고 싶은 걸까 숨고 싶은 걸까

우리에게 시가

흡──
동그랗게 빨면 철 지난 신파보다 즙이 진한
눈 감으면 검은자위가 두개골 안으로 텀블링을 하고 착지
오직 태양에 가져다 불을 붙여
타는 잎사귀가 왕홀의 붉은 눈을 깜빡일 때면
먹구름 같은 눈물을 쏟아 내고 춤을 추는 향기
아, 나의 엄지와 검지와 중지── 그 사이에서 가장 뜨거
운 몸통
빛나는 활자를 두르고 마른 종이 위로 걸어 나와
관자놀이를 누르고 정수리를 쪼개 놓는
도시의 전광판엔 언제나 시가(市價) 백지수표
고대의 현자와 아들과 딸들이 밀실과 광장의 카페에서
끝없이 돌려 피우며 입을 맞춰 외치는 후렴

아직 우리에겐 시가, 시가

메헤뿔의 요리사

나는 방글라데시 메헤뿔의 요리사
매일 우리 마을 사람 209명을 먹인다
아메드, 이 게으름뱅이야!
오늘은 11파운드의 근육이 부족하다
언어가 다른 인간들은 서로의 식재료가 된다는 걸 너도
이제 잘 알겠지

나는 오래전 요리 중에 재료들이 쓰는 말을 했다가
마을 사람들에게 발각돼 식칼로 발바닥이 도려진 적이
있다
덕분에 나는 반년 간 거꾸로 매달려 요리를 해야 했지
국통에 빠뜨린 내 모자들아 너희는 재료들의 말을 끝내
듣지 못하고 만다

강 건너 요정의 주인 여자를 알 거다
그 여자는 평생 드라이기를 이기지 못한다는데
머리를 말릴 때마다 비명을 지르고 눈물 콧물을 쏟아
낸다지
그녀의 방에 내 주방 모자들을 걸어 두고 싶었는데——

그녀와 모자들은 헤매는 것과 해내는 것을 구분하지 못
하는 하얗고 부푼 몸들이니까

은 쟁반은 없어
대신 꿀을 바른 나무 그릇에 수프를 내자
커튼을 걷으면 부엉이와 눈이 마주칠 거다
부엉이를 날려 사람들을 불러라
부엉이의 언어는 높고 낮은 곳에서 유모들의 잠을 설치
게 하고
그 집 아이들의 칭얼거림을 돋워 놓을 거다
신경쇠약의 유모들은 내 수프 그릇에 코를 박고 먹다가
그대로 고꾸라지겠지

나는 그런 유모들이 좋아
그녀들의 앞치마엔 아기들이 토한 언어가 잔뜩 묻어 있다
너는 그것들을 양푼에 긁어모으기만 하면 되는 거다
그건 늘 해 오던 일이고 사람들은 계속 우리를 요리사라
부를 테지
그들은 재료들의 말을

이빨 사이에 묻고는

밤마다

적들의 요리사가 나오는 악몽에서 헤맬 것이다

코스타리카의 팡파레

회색 바바리는 코스타리카의 암살자

아버지만을 겨눠

아버지는 죽여도 죽여도

너무 많아

저 만월 안에도 아이가 들었다면

아비가 있겠지

그래서 회색 바바리는 팔이 길어

아버지는 계속 태어나거든

이쪽 하늘에서 저쪽 하늘까지―

코스타리카의 아버지는 멸종하지도 않아

그렇다고 아직 아비가 아닌 것을 죽일 수는 없지

아버지가 아닌 것은 모두 천사니까

녹색 맨발을 알지?

그는 천사를 죽이는 바람에

추방을 당했지

공항을 떠날 때

경찰에 둘러싸인 채

구멍 난 양말을 뒤집어쓰고 있던

녹색 맨발을 생각하면

회색 바바리는 아직도 눈물이 나

시도 때도 없이 생각나는 시기는 이제 지났지만—

살해당한다는 걸 알면서도 아버지가 되는 자는

세상의 모든 색인보다 많을 거야

자꾸만 생겨나는 새로운 색인의 주소 위에서

회색 바바리가

총구를 겨누네

팡!

하고 터지고

파레—

하고 기뻐하며

엉덩이가 많은 정원

우리는 엉덩이가 많은 정원에서 정원사 일을 했다 그런 일은 알다시피 면접이 까다로워 턱시도를 입고 면장갑을 낀 채로 손가락 길이를 재거나 얼음 화분에 기른 히비스커스 같은 독창적인 작품을 선보여야 했다

엉덩이가 많은 정원의 정원사는 모두 셋인데 모두 교대로 일하기 때문에 대화를 해 본 일은 거의 없다 그러나 돌아가는 뒷모습만 봐도 그날 정원 어디에서 일하다 가는지 알 수 있었다 가시나무나 돌능금나무 아래에서 반나절 일하다 돌아가는 정원사 2의 고수머리에는 아기 새똥 냄새가 났다

엉덩이가 많은 정원에서 우리는 피아니스트처럼 움직였다 엉덩이들을 방해하고 싶지는 않아서 발바닥에 목화솜을 많이 달았지만, 늦가을이면 바스락거리는 소리를 감출 수는 없었다 우리가 쓰는 가위는 멋지게 색이 빠진 골동품이었으나 때로 가위는 잠이 덜 깨 손끝이나 손마디를 잘랐고 그것들은 곧 정원에 뿌리를 내렸다

우리는 정원에서 엉덩이를 보이는 일이 어떤 것인지 알고 있었다 리시안셔스의 레이스나 나비의 발목, 거미의 가슴팍을 보고 바지를 내리지 않는 생명체는 없었다

초소에 돌아와 흙을 털며 정원을 바라보면 엉덩이가 많이 보이는 황혼 무렵이 참 좋았다 그럴 때면 나는 정원에서 죽은 새들의 무덤을 생각했다 이 정원에선 무엇이 더 아름답다고 말할 수가 없었다 어떤 시간이면 꽃들은 선명하게 화를 내고 있었고 엉덩이들도 그랬다 성난 비비추들이 속눈썹을 떨어뜨리는 시간이면 오른쪽으로 몸을 돌려 잠이 드는 엉덩이들을 바라보며 성호를 그었다

그러면 엉덩이들은 편안히 잠이 들었다

3부

바람 부는 날의 미소

미소는 바람이 불면 얼굴을 움켜쥐었지만, 벌렁 후드가 벗겨지면 금세 대머리가 되고 말았다 두상이 예쁜 미소야 잘나가는 중국 화가의 작품 속에서 꼭 너를 본 것만 같아 날려 간 머리카락들은 그림 속의 누구에게 씌워졌을까 입 꼬리는 꼭 불면 금방 사라질 것처럼 흔들리네 턱 아래로 하나하나 단추를 열어 볼까! 너의 유니폼은 언제나 단추가 많지 앗, 차가! 안주머니에 꽂힌 빛나는 냉동 거울— 매일 얼굴을 비추는 미소는 거울 속에서 자꾸만 성에가 끼는걸 마침 이렇게 바람이라도 불면, 똑똑 세상 뒤편에서 네 안 부를 묻는 맑고 고운 소리— 귀가 쫑긋 미소는 자꾸만 작 은 거울을 뒤집어 보고 귀를 대 보고 발등 위엔 잃어버린 머리카락과 성에들이 엄마야 거울 안에서 쏟아지고 바람 이 불어 아차! 미소는 얼굴을 움켜쥐고 후드를 붙잡고 다 시 거울을 들여다보고 냉동실에 쌓인 거울 위에 미소의 지 문이 차가워지고 똑똑— 누군가의 안부가 부러지고

주머니 없는 외투

네 할머니가 그랬지
주머니 없는 외투라니
무용수에게나 줘라

호두도
나사나 망치도
연필도 구겨진 팬티 조각도
이제 행방을 모르고

손들은 어디까지 구겨져야 하나
저렇게 어색하게
허공에 초점을 만들어 보지만

한여름에 홑겹으로라도
심장을 가려야 잠이 든다고

네 할아버지가 그랬지
주머니 없는 외투라

애인과 걸을 때는
무덤 앞에 섰을 때는
교장 선생님 앞을 지날 때는

반드시
반듯하게 손을 잘라 넣어라
부리를 모아
잘 접힌 행커치프처럼
예민하고 우아하게

주머니 안쪽에서
강에 뜬 오리의 갈퀴처럼
뚜두두두 바쁘게 두드리면

밤마다
우주 끝에서 보내온 답장을 해독하러
침대 주머니 안으로 잘라 넣은 너의
예민하고 우아한 잠

생일

허리가 긴 밤
여기 그 밤의 다리가 있어요

긴 다리는 엎드려
여기 다리로 된 다리가 있어요

다리 밑에서
누가 나를 주웠다고
소문낸 자 수소문해 보세요

다리 밑에 생긴 그늘을
"누가 내 그림자 뒤에 붙여 놨어?"
나는 칠판에 크게 써 놓고

강아지처럼 몸을 털어
네가 그걸 봤을까 봐

가로등을 장대처럼 휘어
다리 위로 점프해요

우리는 약속했지
다리 아래에는 집을 짓지 말자
그 아래 부는 바람에 이를 보이지 말자

허리가 긴 밤
그 밤의 다리가 여기 있어요

다리는 다리의 그늘로
종일 딱 한 번의 줄넘기를 한다는

우리는 자라서 매년
그 소문을 기억할까

SINKHOLE

네, 여기는 브라질 나타우 근처의 비닐촌입니다

2주 전부터 사람들이 이곳에 와 대나무에 검은 비닐로
천막을 치고 살고 있습니다

열일곱 살 페드로의 이야기를 들어 보겠습니다

"처음에 우린 그들에게 윙윙대는 작은 벌레였어요. 여긴
벌레 무덤이나 마찬가지죠. 벌레 무덤 같은 거 본 적 없죠?
우린 그들에게 보이지 않는 것 같아요."

페드로는 아홉 살 때부터 거리에서 엽서나 카드를 팔아
왔습니다

"펼치면 누워 있던 종이 구조가 일어나는 팝업 카드예
요. 카드를 열면 앙코르와트나 에펠탑, 거대 예수상이 나오
죠. 물론 요즘은 월드컵 경기장이 제일 잘나가요. 마나우스
나 포르투알레그레 경기장은 선이 정말 아름답죠. 어릴 적
엔 카드 안에 눈을 넣어 두고는 카드가 닫힐 때마다 궁전이
나 자동차가 안으로 빨려 들어가는 걸 유심히 보았어요.

그 날의 일은 순식간에 일어났어요. 촬영한 영상을 거꾸로 돌려 보실래요? 구덩이에서 일어나는 저 파란 지붕, 우리 집이에요. 죽은 큰형이 그랬어요. 우리 발밑에는 우리와 발바닥을 맞대고 거꾸로 걷는 악령들이 있다고. 어디를 가서 살더라도 악령들이 따라다니는 거래요. 그날 루시퍼가 지하에서 거대한 입으로 우리 마을을 빨아들여 버렸죠. 순식간에 비탈이 생기고 언덕의 집들은 종이처럼 땅 아래로 접혀 버렸어요.

사람들이 동네를 떠나며 말했어요. 나타우에 월드컵 경기장이 하나 더 생겼다고. 밤이면 거기서 빈민들의 함성이 들린대요. 그날 우리 얼굴에도 구덩이가 생겼는데— 보세요, 주먹이 아홉 개가 들어가고도 남죠. 한국에서 왔다고요? 제 입은 아주 깊은 곳에 내려앉았는데……. 제 말이 들리세요?"

파이프오르간이 없는 집

왼쪽 가슴만 부푼 채로 침대에 누우면
너는 금방 알아차렸다
키 낮은 구름 사이를 다니느라
종일 얼굴이 휘감긴 너는 지친 가래를 구름 밖으로 뱉으
며—

거짓말을 많이 했니?

우리 집엔 파이프오르간이 없으니까
도둑들이 담벼락을 타며 페달을 밟지 못하네 굴뚝은 소
리를 울리지 못하네
종일 대문 앞에서 우리 아이는
아코디언이나 불고 있겠지
거기가 지저분한 곰 인형 누더기
낙엽과 구분이 안 되는 표정을 하고

듣고 싶다
대성전의 배관을 울리려고
생쥐들이 건반에 머리를 찧고

선반에서 연장통이 쏟아지는 일
듣고 싶다
창문들은 서로 마주 보려고
밤새 열린 채 소리를 불어 내는 일

뭐라고?
마루에 누워 똑똑—
네가 묻힌 곳을 두드리네
네가 여기에서 자니까
너는 성인의 유골이 아니니까
천장에 구름은 샹들리에의 죄를 감추고
우리의 잔에는 바꿔치기한 황금과 몰약
저녁 식순에는 여전히
오르간 연주가 없고

저, 수지

안녕하세요 저, 수지예요

어제는 의사 선생님이 젖은 머리로 자면 머리카락이 많이 빠질 거라고 했어요

"어떻게 하면 선생님처럼 바싹 마른 머리로 잘 수 있는 건데요?"

그는 내 축축한 귀밑머리를 만지며 속삭였어요

"원래 사람들은 젖은 동네에선 잠을 안 자."

장롱 안에는 덜 마른 베개들이 쌓여 있고
정수리에 핀 하얀 곰팡이는 금세 검어졌어요
나는 언젠가부터 마당에 커다란 동그라미를 그린 다음
한 뼘 건너 한 뼘씩 지워 가며 점선을 그렸어요

"선생님, 한 집 걸러 한 집은 빈집이 되어 가요."

남동풍이 불면 베개를 들고 둑으로 나가요

베개는 며칠째 머리카락을 먹어 팽팽해졌어요

우두둑 지퍼를 열면 꿈이 덜 깬 염색체들이 긴 꼬리를 하고 서쪽으로 가요

나무 아래에서 나를 보고 수음하던 남자의 거시기에 껌을 붙여 주었더니 어떤 녀석들은 시시덕거리며 달라붙고 있어요

"저…… 수지 씨, 물속에 핀 곰팡이 머리에도 털이 빠질까?"

달싹이는 남자의 입술은 하얘졌다가 검어져요

아무래도 내 커다란 눈에 빠져 버렸나 봐요

틱

무릎을 맞추며 우리는 무릎을 맞추며

당나귀들이 구멍 난 양말을 뒤집어

뭉툭한 코를 맞대듯이

미끄러지며 우리는 미끄러지며

팔이 없나요, Hal? 바닥에 기름을 더 쏟아요

그렇다면 나도 굽힐 팔이 없어서 그냥, 무릎만 있어서

미꾸라지가 겨드랑이로 거품을 내듯

까만 기름 거품

아 그건 너무 Thick하고, 아 그건 입구가 좁은 유리병

입구처럼 뽁 하고 터지고——

무릎을 맞추며 무릎을 맞추며

우린 머나먼 반대편에서 달려오다 그만 미끄러지고 분질

러졌지

그렇다면 무릎을 꿇은 채 한 번도 다리를 펴 보지 못한

'ㄹ'처럼

동굴벽화에서 조상을 만난 개처럼

무릎을 맞추며 꼬옥 무릎을 맞추며

이따금 서로에게서 얼굴을 찾을까 봐

아 그건 너무 Thick하고 너무 작은 유리병의 똥구멍처럼

생겼을까 봐

　징그러워하고 징그러워하며

조이의 당근 밭

몰랐지만 조이는 당근 밭을 하나 가지고 있다

링고(조이의 개)와 나는 그 밭을 사랑하게 되었다

오늘 링고와 나는 당근 밭을 구르며 부끄럼 많은 나사
를 떠올렸다

손가락으로 머리를 배배 꼬는 사람은 어디라도 깊이 들
어가려고 홈을 만드는 걸까

저기 카페에 앉아 걱정으로 턱이 길어지는 사람들

턱이 가슴까지 내려올 참이면

당근은 목도 없이 저 혼자 길어진다

부끄러운 나사는 지독하게 싫었던 순간들 때문에 땅속
으로 파고들고

링고와 나는 가만 흙을 토닥인다

달고 둥근 것들이나 허공에 매달려 발을 구르겠지!

링고가 재채기를 하며 외치고

너는 일관성 없이 편들기를 잘해

눈을 흘기면

당근이지

우린 히히 웃는다

크리스마스 해피밀

돌아누운 그의 등에 고인 물로 세수를 하면 밤새 얼굴에 썩은 내가 났다 보라색 암죽을 쑤어 먹고 밖을 나서면 일없는 거리마다 골이 깊은 바람들 종일 따귀나 날리고, 버스 창을 열자 날아든 쪽지에는 '크리스마스 신 메뉴 속 숨겨진 다이아몬드 반지의 행운을 찾아라!' 이 저녁 당신이 태어난 날 먹는 해피밀, 해피밀…… 진창에서 태어나 다이아몬드 눈을 반짝였던 겨울의 그 헛간을 생각하며 우리는 오르간 연주곡 사이로 단 하나의 별로 만든 종소리를 들었다 그는 촛대에 올린 불꽃으로 나와 의중을 교환한 뒤, 쪽지를 태우고 심지를 꼭 집어 불을 껐다 내가 손쓰기도 전에, 죄와 재를 섞었다

8에게

과묵한 8, 팔짱을 낀 나의 천사

나는 더는 중앙선에서 탭댄스를 출 수가 없네 댄스화와
심장을 여기 두고 그만 가야 할 것 같아— 과묵한 8, 내
신발과 심장은 언제나 가랑비에도 떨리는 판자 지붕이었다
어제 당신 재킷 안에 비밀을 넣어 놨으니 부디 가장 깊은
곳으로 가 묻어 주겠나 나는 한때는 손가락질하던 자리에
편히 누워 쉬는 사람이 되고 말았어 언젠가 고해실에서 과
묵한 8 당신의 허리띠를 풀어 내린 적도 있었지 그러나 그
건 당신의 수치이지 내 비밀이 아니다

8, 누가 내게 십자가에 침을 뱉을 자유를 주었나 내가
뱉은 침이 범벅이라 매달린 분의 얼굴을 제대로 본 적도
없네 나는 죽으면 기도를 많이 할 거다 어떤 기도는 죽고
나서 해야만 하니까— 이승에선 도저히 해독할 수 없는
계절의 비밀들 사이를 떠돌았지 이젠 미처 다 핥아 주지
못했던 허공에 작은 신음들만 흘려 놓고 떠난다

재봉질을 하던 할매의 자수들을 하나씩 훔쳐다 팔아 버
린 일이 있다 심지어 붉은 수가 놓인 커튼을 통째로 떼어
쫓아다니던 여자에게 옷을 지어 주기도 했다 할매가 결코

나를 찾는 전화를 하지 않았다는 것을 알았지만 할매가 죽은 후에도 평생 전화벨 소리를 피해 다녀야 했지 그러나 착각하지 마라 이것은 어디까지나 할매의 고난이지 내 비밀이 아니다

과묵한 8, 살찐 천사여 당신이 술집에 두고 온 날개를 내가 챙겨 왔다 비행 깃 사이마다 공기의 흐름이 얼마나 복잡한지 잘 알고 있다 내 비밀들을 당신의 깃 사이마다 켜켜이 넣어 주겠나 날지 못하는 것들은 발자국을 남기기 마련이고 발자국에는 냄새가 나기 마련이다

과묵한 8, 당신 수첩에서 마땅히 천사가 해야 하는 일의 목록을 본 적이 있다 당신이 내 부탁을 잊은 채 헤매고만 있다면 나는 눈을 감을 수 없을 거야 어떤 일은 죽기 전에, 어떤 일은 죽고 난 후 일어나야만 해 일이 잘 해결되면 옆에서 악을 쓰며 우는 아이가 있겠지만, 언제나 그랬듯이 눈길 한번 주지 않을 거다

방주

노아는 유난히 손목이 가느다란 여자애들을 좋아했다 새벽에 선장실에서 나오는 아이들의 손목뼈는 두 개씩 부러져 삐져나와 있었다 큰 가시로 이를 쑤시는 노아를 볼 때마다 아이들의 부러진 뼈가 아물었는지 궁금했다

둥그런 창밖으로 아직도 세상엔 물이 넘쳤다 얼마 전 노아가 날려 보낸 비둘기가 올리브 잎을 물어 왔다는데 건너 밤 사촌은 내게 그건 잎이 아니라 화환이라고 속삭였다 노아는 일부러 정해진 해로를 반복하여 절대 우리를 육지로 데려가지 않을 것이고 우리가 모르는 어딘가엔 대홍수에 잠기지 않은 성이 있어서, 매일 화환을 쓰고 포도주에 연회를 즐기는 자들이 산다는 것이다 정말일까 그들이 치매 직전의 노아에게 배를 주고 세상을 쓸어 버린 걸까 나는 흙이 그리웠다 우리가 기억하는 흙은 낮에는 뜨겁고 밤에는 차가웠으며 파면 파 놓은 대로 뭉치면 뭉쳐 놓은 대로 가만히 있었다 여긴 어김없이 수평을 맞추는 망할 파도의 물결만이 종일 멀미를 일으켰다 널어놓은 웃옷이 일렁이는 것만 봐도 내장이 꼬이고 흰자위가 뒤집혔다

갑판 아래로 내려가면 흰 박쥐의 똥으로 바닥이 미끄러웠다 도도새 한 쌍이 뒤뚱거리고 검치호랑이 부부가 우리

에서 잠들어 있었다 여기 있는 동물은 모두 잘생긴 놈들이다 동물만이 아니다 이 배에 탄 사람들은 모두 순결한 자들이라고 한다 그렇다 우리는 타락한 세상에 선택받은 이들이며 불한당들은 모두 저주받아 물에 잠겨 마땅하다 언젠가 물이 마른 육지에 닿으면 나는 손목이 아픈 소녀와 결혼하여 발이 더러운 왕들의 시체 위에 집을 짓고 새 민족의 시조가 될 것이다 얼마나 위대한 일인가 오늘도 코끼리의 주름 사이에 일기를 쓰고 잠든 아이들의 이불 위에 푸른 갈대를 그려 주었다 코끼리의 울음소리가 서글프다 내년이면 일기 쓸 자리가 부족할지 모른다 그 전에 육지에 닿을 수 있을까 잠을 청하려니 일전에 하품하는 노아의 붉은 목젖에서 본 무지개가 떠오른다 노아는 무지개를 삼켜 버렸다고 사촌이 말한 적이 있다 지금 그분은 알몸에 화환을 쓴 채로 소녀들과 자고 있을 것이다 아니다 그렇다 아니다 아무래도 상관없다 아니다 그렇다 아니다

추락자들
— 파란 방

틀림없이 너의 파란 방에서
무슨 일이 일어나고 있어
네가 매일 주는 빵의 앙금은 너무 달다 점점 오줌은 뿌
예지고 눈곱이 많이 생긴다
열린 창밖으로 하늘의 찢어진 헝겊이 펄럭이는 소리가
난다
멍한 고개를 흔들어 정신을 모으면 겨울은 온통 시퍼래
지고 있다

나나, 네가 잠이 들면
별이 모두 뜰 때까지 도시의 전등을 끄러 다녔잖아
너는 눈을 감고도 별이 많은 밤을 원했으니까

네가 잠든 방에서 나는 왠지 멍이 난다
지나치게 꼬리가 긴 너의 입김
그 유연한 능선을 쓰다듬다가
네 가슴 위로 드리운 백 겹의 잠옷 속으로
긴 시간의 추락을 한다 시간동굴 아래로 떨어지는 만화
주인공처럼

손을 더듬으면
나나, 너무 많구나

너의 파란 방에는

야간 비행

엄마는
다리 저는 사람보다
다리 저는 짐승을 더 안타까워했다

지이이잉 형광등의 엔진 소리를 들으며
나는 손톱 아래에 난 사마귀를 꾹 눌렀다
창의 겨드랑이가 벌컥 열리고

팔꿈치가 까칠한 남자와
요구르트 마차를 끄는 여자가 사는 집
포도 알보다 더 새카만 길고양이의 점프

밤 골목은 활주로 없이도 날 수 있는
아름다운 협곡

개의 눈꺼풀에도 다래끼가 난다는 것을
함께 살던 수롱이를 보고 알았다
얇은 눈꺼풀에 입을 맞출 때마다
단단하고 매끈한 눈동자가 착하게 감기는 짧은 인사

그날 개는 인사하는 눈을 뜨지 못했다
우리는 그를 땅속에 묻어 두고는
하늘로 갔다고 이야기했다

땅 밑처럼 캄캄한 하늘이 있다면
오늘 나의 비행기에 올라타
네가 다니던 골목들을 날자
나는 너의 조수가 되고

너의 두 눈이 감기는 것은
단지 속력이 너무 빠른 탓
우리는 실눈을 뜨고 밤과 골목 사이를 비껴 날아간다

다음 계절

우리 가족이
개의 그림자가 되어 돌아다닐 적에
활자가 적힌 종이 위에는 오래도록 먼지가 앉았다

너는 그림을 그리는 게 좋겠어
여자 친구는 붓과 물감을 사 왔다

그러나 붓은 캔버스 위로 내 그림자의 윤곽을 따라 움직
이는 것이 하루 전부였고
그런 그림은 밤마다 뛰쳐나와 컹컹 떼로 몰려다니며 빈
똥구멍이나 찾아다녔다

이 계절도 다 지나가고 있어
이제 해가 조금씩 길어질 거야

다음 계절에 우리 가족은 어떤 그림자가 될까
어머니는 책 읽는 노란 의자 뒤로 누웠으면 좋겠다 길고
따뜻하게—
아버지는 앞산 깊은 곳에 물그림자로 온종일 흔들리고

있으면 좋겠다

그 그림자는 열목어의 이마를 쓰다듬기도 하니까

벌써 아버지 그림자 밑에서 햇빛이 뻐금거리는 게 보이
는걸

그런데 동생아,

자꾸만 너의 다리가 많아지는 것을 보니 아마 우리는
다음 계절에

피터팬케이크

고모 집에 얹혀살았다

첫날 고모는 허영을 떨며 볼품없는 아침을 해 주었다 달
걀 흰자와 바나나로만 만들었단다 나는 팬케이크를 잘게
잘라 놓고 한 점도 먹지 않았다 고모는 아침에 이런 걸 먹
어요? 힘도 안 나게— 피터, 너 이제 어쩔 생각이니? 왜 강
전을 당하고 럭비는 그만뒀냐고 묻는 게 차라리 나았을 텐
데, 앞으로 어쩔 줄 알았더라면 고모네서 이러고 있었을
까? 하아…… 나는 잘라 놓은 케이크를 몽땅 찍어 한입에
몰아넣었다 아마 고모는 남은 노른자를 따로 모아 놓았을
거다 먹기 싫고 딱히 쓸데도 없으면서— 고모와 고모부와
팅키(세인트버나드)가 우물거리는 나를 쳐다본다 하나, 둘,
셋, 넷, 다섯, 여섯— 나는 그 얼굴들의 흰자위 위로 노랗
게 터진 알맹이를 세어 보았다

4부

유나의 맛

유나는 매일 그림을 그리던 손으로 저녁을 한다 그림도 잘하고 음식도 잘하고 잘한다 잘한다 하니까 설산을 그리고 시금치를 무치고 새를 그리고 두부를 썬다 손은 늘 더러웠는데 목탄이나 잉크가 묻어서인지 파 뿌리나 오징어를 다듬어서인지는 알 수 없었다 우리는 작업실 의자에 오래된 화판을 얹어 밥을 차려 먹었다 시장에 새로 생긴 황금통닭집 타일은 전부 샛노랗더라? 나는 유나 밥을 밀어 넣으며 말했다 니가 그린 그림 팔아서 치킨 사 먹을까? 이 말은 하지 않았다 유나가 종일 매달린 그림을 먹는 일과 김 나는 밥을 그리는 일과 유나가 캔버스를 삶고 물감을 굽고 기름을 바르고 커튼을 담그고 앵무새를 튀기고 촛불에 양념장을 칠하는 그런 시간은 소중하지 아무렴 하지만 여기는 확실한 세상이고 노란색 타일의 선택은 확실히 확실하긴 해 나는 생각했다

격자무늬 풍경

*

창 안쪽에서 유리처럼 웃는 조이

*

조이는 넓은 통유리 창보다
십자 틀이 있는 창을 좋아한다
풍경에 가로와 세로의 뼈가 지나고
하나의 온전함이
네 개의 장면으로 나뉘는 구성을 감상한다
그것은 네 칸짜리 이 층 열차
나무로 짠 기차에 풍경이 오르고
우리는 잎이 많은 칸이나
다락이 솟은 칸
새가 지나는 칸에 자리를 잡고는
각자의 사실 속으로 달린다

*

어린 조이의 방에 이 층 침대가 들어온다
조이는 하나의 공간에 위와 아래가 생기는 기적을 보고

방방 뛰어다닌다
　한 처음에 하느님께서 하늘과 땅을 가르셨다는데
　곱하기가 아니라 나누기라니,
　얼마나 다행인지 몰라!

　*

　파리 하나 날아와 창에 앉는다
　파리가 있는 풍경은 영원히 대칭을 모른다
　아래서도 위에서도, 왼쪽에서도 오른쪽에서도
　접히지 않는다

물과 방과 우울

물방울 하나 기른다
물방울 하나에 관상어 한 마리 기른다
관상어는 불만이 많아서
씩씩거리고 있다
나는 너무 오랫동안 똥과 숨과 오줌을 참았거든

물끄러미
글쎄 이곳에 물방울 두 개는 비좁은걸—

물방울 하나
거울에 비춰 본다

마침 정수리에 빛나는 창이 맺혀 있다

아, 이 창에 달린 유리들은 종탑처럼 흔들린다
아, 이 창으로 관상어가 이웃 나라로 빠져나간다
아, 이 창의 커튼을 휘감는 물보라들은……

관상어 없는 물방울 하나 기른다

가끔은 덮어도 괜찮고
가끔은 매달아도 괜찮은

Set
— 길우와 유원에게

우리 셋은 새벽 사과를 옆구리에 박아 두고 바다로 나
갔지
맨발 위로 파도가 접히도록
실눈으로 회색 바다를 꿰매다가

문득 사과를 꺼내 물었어
사과가 쏙 빠진 내 구멍은, 너희의 구멍은
깊다

셋은 나란히 서로의 구멍 안에 손목이 잠기도록 집어넣고
소라처럼 손을 오므렸다
아, 간지러워 바닷소리가 손바닥 안에서
아, 간지러워 작은 심장 위로 포말이 감기는
아, 너희의 목소리는

우리는 왜 셋일까?
셋 사이에는 한 뼘의 회오리가 있지
셋은 갈매기가 펼치는 발바닥 속의 창살
셋은 하나를 떨어뜨릴까 봐

셋은 나무와 나무 사이를
셋은 구름과 구름 사이를
비껴 날아가네
하나의 호명은 하나와 하나 사이에서
갈팡질팡하네

사랑해
당신들을 안아 줘도 될까
우리는 성당의 기둥처럼 모여 서서 이마를 맞대고
서로의 구멍 안에 손을 넣지
어깨와 목덜미 사이를 열어젖히면
금빛 해가 쏟아지는
삼각 창문
모래들은 겁을 먹고 눈을 감는다

푸딩

노란 새가 노래하는 작은 푸딩
나는 푸딩이 가죽 시럽을 풀어내는 걸 보았지
매끄러운 엉덩이가 작게 흔들거리는 걸
나는 으쓱하고 휘파람을 불었어
우리는 푸딩을 얕보았으니까
누가 푸딩 같은 걸 존경하겠나? 그러나
냉장고 문엔
누구나 부드럽고 가벼운 엉덩이를 차지하기 위해 수백
번의 쓸개 맛 기도를 했다는 메모
어제도 사람들은 월계수 잎을 씹으며 눈을 감고 손바닥
을 비벼 대며—

태양은 알아서 오븐 속으로 걸어 들어가고
푸딩은 손뼉 칠 팔이 없어 조금은 지루해지고

멍청한 노란 새의 멜로디는 아직 끝나지 않았지만
한 번도 원하는 모양으론 있어 본 적 없어서
얕은 한숨이 익숙한
은 쟁반 위에 아직은

때가 아니라고

누가 어쨌거나 얌전히 유리컵에 들어가 낮잠을 자고 싶
은 작은 푸딩

11.6
— 엽서를 받다

엽서를 받았어요 죽은 나비들에게서 온— 나는 나비들이 자기 더듬이를 뽑아 쥐고 쓴 글씨를 손으로 더듬거리며 눈물 대신 수억 개의 땀을 흘렸어요 어제 밤에 눈을 잃었거든요 방 안에 누워 숨 쉬는 엄마를 생각하는데 천장의 하얗고 둥근 등이 처음에는 물기에 흔들거리더니 자꾸만 커지며 다가오는 거예요 무서워 눈을 감고 싶었지만 마침내 등은 내 눈을 찢고 들어와 버리고 말았어요 동공이 사라지고 대신 커다란 흰자위를 가졌지만 앞을 볼 수는 없어요 이제 눈물을 흘리는 대신 타다닥 껌뻑이며 두 눈을 켤 거예요 나비의 글씨들은 영원히 해독되지 않은 채 다만 밝게, 더 밝게 비춰질 거예요

여태

애인에게 거짓말을 많이 했다

입술이 조금도 떨리지 않았고

별똥별도 늘 가던 길로 떨어졌다

치매 노인들은 좋아하던 음악을 들으면 기억과 활력을
되찾는다고 한다

내가 치매에 걸리면 애인에게 진실을 털어놓을지도 모른다

멀리서 나의 애인, 나의 성실한 애인이 빨대에 꽃을 꽂
아 요양원을 찾아온다

어디선가 즐겨 듣던 노래가 흘러나오고 나는 그만 모든
것을 말하고 만다

간호사들은 주스 병에 빨대를 꽂아 두고

애인의 꽃이 주스를 빨며 우는 것을 본다

내가 노인이었을 때

내가 노인이었을 때
시 같은 건 안 썼다
곱창집 앞에 줄을 서지도
길 건너 아는 사람을 향해 커다랗게
손을 흔들지도 않았다

내가 노인이었을 때
책 같은 건 안 봤다
기르는 동물을 좋아했지만
그네들은 죽어서도 천국 문 앞에서 주인을 기다린다는
말과,
그에 눈시울을 붉히는 사람들이
이해되지 않았다

노인이었을 때
소년이 된다면 어떨까
이따금 생각했다
소년, 소년이라면 아마
거미의 먹이처럼

온갖 이야기로 된 줄에 걸려 있겠지
파르르 진동이 오는 먼 곳을 향해
종일 눈알을 던지며
마치 이 모든 이야기의 처음을
볼 수 있을 것처럼

내가 노인이었을 때
나는 그런 이야기였고
현충원에서 묵념하는 시간과
TV 안에 흔들리는 사람들을 보는 시간이
많이 슬프진 않았다

비행하는 새들이 다리를 숨긴다

대본 작가가 사라졌다

내 귀에 대사를 속삭여 주던 작가는 어디로 갔을까

어제는 그가 침대 밑에 버린 원고를 몰래 주머니에 넣고 나왔다 거기엔 방울 달린 신발 한 쌍과 사이다와 열세 개의 질문밖에 없어서 나는 종일 방울 달린 신발을 신고 열세 번의 질문을 아껴 가며 써야 했다 누군가 말을 붙이면 재빨리 사이다를 빨며 복도 끝으로 사라졌다

오늘 아침에도 가방과 재킷 주머니 안에는 아무 대본도, 메모도 없었다 어쩐지 계속 인형 탈 아르바이트밖에 못 할 것 같다 작가를 영영 찾지 못한다면 나는 어떻게 되는 걸까? 이전에도 작가 당신 때문에 말을 잃어버린 적이 있다 같은 반 원숭이들에게 침묵을 들키고 말았을 때 나는 학교를 그만둬야 했다 인형 머리 안은 덥다 머리카락이 이마 위로 뜨겁게 달라붙는다 턱 끝에 자꾸만 매달리는 것은 눈물일까 달려가 당신의 서재를 뒤지니 인형 얼굴에 뚫린 구멍 사이로 책마다 하얀 빈 페이지만 넘어간다 당신은 나의 책들마저 지우고 떠났나 책을 모두 찢어 새를 접어 날리면 풀을 먹인 새 떼들의 날개가 한순간에 멀어진다 가느다란 새의 다리에는 어쩌면 당신의 문장들이 음각되어 있을

텐데— 비행하는 새들이 다리를 숨긴다

유기견

밤 골목을 누볐다

왼손과 오른손의 냄새가 다른 이들이 나를 쓰다듬거나
발길질을 했다

사랑이 있는 곳을 찾았으나

사람들은 암호 만들기를 좋아했고 내 발바닥으론 읽을
수 없어 골탕을 먹었다

자랑할 것이라곤 긴 혓바닥뿐이어서

나는 내 눈곱이나 핥으며 살았다

머리를 들면 가슴에 난 털이 일어나 수런수런 일렁였고

모든 것이 물처럼 흐르는 것이 보였다

별 무리도 어디론가 떠내려갔다

별이 다시 제자리로 올 때까지 비명을 질렀지만 들리지
않았다

'저 소리 듣기 싫어 여기까지 왔지'

잠수함을 타는 여자가 말했다

여자의 구두코에 더께 낀 것들이 반짝이고

사람들이 별이 스쳐 간 자리를 긁적였다

11.2
—— 미사 시간에

엄마 오늘 아침에는 시리얼 통에서 바싹 마른 나비들을 쏟아 내어 우유를 타 먹었어요 반쯤 젖은 날개들과 바스러진 몸들이 반짝이고 나는 입 안 가득 나비들을 밀어 넣으며 성당의 스테인드글라스에서 떨어지는 나비의 비늘과 우리가 함께했던 미사를 떠올렸어요 비늘들은 공룡의 알몸에 투명한 간지러움을 태우고 우리는 공룡의 흰 배 속에서 조용한 미사를 드렸지요 창백한 성전과 자꾸만 떨어지는 색 비늘, 기도하는 눈두덩이 위로 걸어가는 날개의 겹들—— 누군가는 입안에서 기도를 날렵하게 접었고 누군가는 기도를 작게 불었어요 실눈을 뜨고 우리의 기도가 성당 바닥을 가득 메웠다가 창밖으로 무리지어 날아가는 것을 보았어요 날개는 다른 날개를 타고 무심히 올라가고 구름은 우물우물 그것들을 삼켰을 거예요 우리는 때로 식사와 미사를 헷갈려 했잖아요 엄마, 오늘 내가 먹은 것은 누구의 기도일까요

바늘 허공

시를 쓰다가
그림자에 바늘 모양
작은 구멍이 생겼다
그림자가 찢어진 줄 알고
밤새 울었던 새
바닥에 끌리는 긴 날개로 부리를 덮고
한낮이 되어도 깨어나지 않는다

어느 날은 구멍에서
종일 안개가 새어 나온다
짙은 안개들이
무언가 숨긴다
저들끼리 속삭인다
게다가
숨을 쉬기 전에 폐 속으로 들어온다 (후욱)
먼저 나간다 (후우)

(날개 긴 새는 두렵다)
안개 속을 날아가는 건 상상해 본 적 없어

날고 있으면 땅 위에 생기던 내 그림자가 보이지 않아요
(안개 속의 나무들은 두렵다)
우리 몸에 새의 작은 머리가 날아와 부서질지도 몰라
나뭇잎들은 어디로 날아가서 마른 소매를 적실까

겨드랑이의 어느 것이 내 팔이고 네 팔일까

안개 속에서
가만히 새의 곁에 다가와 서 있는 것들은 어떤 표정을
하고 있을까

시를 쓰다가
바늘 모양의 구멍
거기에 눈을 대면 아마
안개가 흘러나와
새의 눈알은 시원할 거야 그리고

벌어진 동공은 머리가 하얗게 세도록
아물지 않을 거야

깃발

몇 해 전부터 춤을 추고 싶었다
퇴근길 버스 안에서 눈을 감으면
거대한 하늘에 깃발처럼 펄럭이는 춤이 거기 있었다

집에 와 방을 비우고 거울을 달았다
오케스트라는 거꾸로 매달아 두었다
그날부터 매일 춤을 추기 시작했다

"이 안에 추락하는 새가 있어."

어느 날 거울이 말을 걸었다

거울 속에는 화염에 싸인 채 깃이 타는 새가 있었다
내 안의 물을 모두 끌어내도 거울 안을 적실 수는 없었다

바람을 감거나 쓰다듬으며 다시 춤추는
나의 허리 나의 다리

거울에 바짝 이마를 대고 아래를 보니

눈을 감지 못하고 까맣게 쌓인 새들의 더미
나는 허리에 감은 치마를 풀어 깃대에 묶고
더미의 꼭대기에 꽂아 주었다

휴일

오가다 부엌에서 조이를 만났다

어디 가는 길?

어, 그냥

오븐에서 흰 수건이 구워지고 있다

몽상가들이 몸을 닦던 수건이래
달콤하고 우매한 냄새
조이는 어딘가 그리우면 창을 더 크게 벌려 놓는다
좁은 동공을 하고
날이 밝을수록 밖에선 실내가 잘 안 보인다지
조이의 고양이들은 나체로 걸어 다닌다

알지?
새들의 목소리는 휘파람인 거
주전자가 불의 둥지 위에서
삐익—

기차가 막 도착한 듯
우리는 급히 차를 따르고

따뜻한 수건을 기다리며
각자의 객실로 돌아간다

기쁨은 어떻게 오는가

양경언(문학평론가)

1 내겐 너무나 소중한 '박하사탕'

미술가 펠릭스 곤잘레스-토레스(Félix Gonzàlez-Torres)의 「Untitled (RossmoreⅡ)」는 사탕 더미를 바닥에 쏟아 놓고, 그 곁을 지나가는 관객이 사탕을 마음껏 가져가도록 둔 작품이다. 원래 작품을 이루는 사탕들의 무게는 작가의 연인이었던 '로스 레이콕'의 죽기 직전 몸무게였던 34킬로그램. 관객들이 사탕을 하나씩 집어 갈 때마다 작품의 무게는 줄어들지만, 관리자가 처음의 무게에 맞춰 거듭 다른 사탕을 채워 넣는 방식으로 이 작품의 전시 상태는 유지된다. 여기에 특별한 의미가 새겨지는 순간은 관객들이 사탕을 직접 먹었을 때이다. 다른 이들의 입안에 사탕의 맛이 퍼질 때마다 작가는 그가 과거에 사별한 연인과 나누었던 감정을 지금 이곳의 관객들의 몸에 전해지는 행복한 기운으로 소환할 수 있는 것이다. 전시장의 관객들과 누군가의 죽음은 그렇게 구체적인 생(生)의 맛으로 연결된다. 지금은 사라져 버린 과거의 한 순간이 현재의 몸으로 되살아나는 이 과정을 통해 곤잘레스-토레스의 사적인 슬픔은 부재와 현존이 공존하는, '지금 이 순간'을 온전히 살아 내는 공공의 애도 작업이 된다.* 연인의 몸을 사탕으로 교환하여 전시한다는 발상은 일견 도발적으로 비춰질 수 있겠지만, 사탕의 맛을 상상할 수 있는 우리는 안다. 작가가 얼마나 간절하게 지금 이곳에 자신의 연인을 빛나는 기억으로 남겨 두고 싶어 하는지를. 혹은 '사랑'이란 말의 특별한 의미가 실은 구체적인 감각이 되살아나는 곳에서만 유효하다는 사실을. 상대에 대한 최종의 이미지가 가장 달콤한 방식으로 형성되기를 바라는 마음이 밑절미에 있으므로, 우리는 34킬로그램의 사탕을 '로스 레이콕'이라는 고유명사와 얼마든지 교환할 수 있다. 사라진 과거와 구체적인 감각을 기꺼이 교차시킬 수 있다. 마치 배수연의 첫 시집 『조이와의 키스』를 만난 오늘 우리가 시인이 '조이'를 내민 방식을 얼마든지 그리고 기꺼이 받아들일 수 있는 것처럼.

* 펠릭스 곤잘레스-토레스의 작품에 대한 간략한 소개는 진 로버트슨, 크레이그 맥다니엘, 문혜진 옮김, 『테마 현대미술 노트』(두성북스, 2011) 397쪽 참조.

'조이'는 곁에 있는 누군가의 이름이거나 혹은 내 안을 스스로 들여다봐야 알 수 있는 나의 내밀한 말의 일부인지도 모른다. 어쩌면 나도 모르게 지나쳐 온 나의 과거 어느 한 순간의 마음 상태일 수도. 어떤 고정된 형상으로 딱 떨어지게끔 조이를 소개하지 못하는 이유는, 우리에게 다가온 조이는 가령 "테이블 위로 홍차를" 쏟는다거나 "자주 물구나무를 서는" 행위로 그려지고, 때때로 "눈"이 "새 자전거처럼" "현관"을 향해 있다든지 "어금니 중 하나"가 "열심히 핥아 주고 싶"은 "박하사탕" 같다든지 하는 파편화된 이미지로 그려지기 때문이다(「조이와의 키스」). 아니, 조이는 내가 여행을 떠날 때 "노래를 해 주는" 친구이자(「조이와의 여행」), "어둠"을 "건널 수 있게" 해 주는 주문일 수 있다(「조이라고 말하면 조이라고」). 혹은 창문의 격자무늬를 통해 바라보는 세계가 더 분명해질 수 있도록 '나'의 위치를 상기시켜 주는 유리창 속 나의 또 다른 '자아'일 수 있는 것이다(「격자무늬 풍경」). 다음과 같이 말해 볼까. 이처럼 하나로 모아지지 않는 이미지들이 하필이면 'Joy', 그러니까 '기쁨'이라는 말과 함께 나타났으므로 기쁨은 사방에 퍼져 있는 방식으로, 혹은 고정된 하나의 형상으로는 결코 수렴될 수 없는 방식으로 우리에게 온다고.

  누군가의 이름이거나 혹은 나의 내밀한 말, 과거 어느 한 순간의 마음 상태에 대한 최종의 이미지가 가장 달콤한 방식으로 형성되기를 바라는 배수연의 첫 시집은 '조이'라는 말과 얼마든지 교환 가능한 이미지들로 가득하다. 당장 잘 보이지도 않고 느낄 수도 없는 과거 시간들을 지금 이 순간 현존하는 세분화된 감각과 교차시키면서, 시인은 독자 모두와 온전히 '지금'을 살아 내는 공공의 '엔조이(enjoy)' 작업을 이룩하고자 한다. '조이'란 말의 의미는 구체적인 감각이 되살아나는 곳에서 유효해진다. 말하자면, 기쁨은 불가해한 방식으로써가 아니라 "핥아 주고 싶"은 마음을 일으키는 구체적인 "박하사탕"의 맛으로 우리에게 온다.

2 축소된 세계에서 벌어지는 일들

생의 구체적인 맛으로 기쁨을 전달할 줄 아는 시인이라고 했거니와, 배수연은 결코 지금 이 세계를 엄숙한 문제로 가득 차 있는 거대한 공간으로 바라보지 않는다. 그렇게 생각하는 순간 자신이 살고 있는 세계는 '나'라는 사람의 움직임을 최소한으로 축소시키는 공포의 장소로 둔갑하기 때문이다. 세계의 위기를 혼자서는 해결할 수 없을 정도로 거대한 것, 또는 위협적인 것으로 인식하기 시작하면 세계의 변화를 꾀하기도 전에 우리는 지레 겁을 먹게 되는지도 모른다. 공포가 우리를 극도의 수동적인 상태로 만드는 것이다. 이 방식이 전부일까? 우리는 언제까지 겁에 질린 상태로 세계를 상대해야 할까? 우리에겐 우리의 능력을 위축시키지 않는 방식으로 세계를 인식할 수 있는 프레임이 필요하다고, 시인은 생각했을 것이다. 따라서 지금 이곳의 세계를 어떻게 다르게 바라볼지를 제안하는 일은 시인의 긴요한 과제였으리라 짐작된다.

배수연은 이를 거뜬하고도 사뿐히 해낸다. '나'와 내가 상대하는 '세계'의 크기를 역전시키는 방식을 마련한 것이다. 시인의 제안이란 다름 아닌 지금의 세계를 마치 별거 아닌 것처럼 대할 필요가 있다는 것. 세계를 커다랗게 상정해서 나를 축소시키지 말고, 역으로 세계를 축소시켜서 그 앞에 있는 '나'를 거대하게 불려 보자는 것. 다음의 시에서 발휘되는 상상력은 이와 같은 인식을 바탕으로 형성된 것일 테다.

나는 지붕을 바꾸고 다니는 거인
지붕 수집가

거인이라면 기다란 꼬챙이로 밤을 찔러 봅니다
푹 익어 밤의 반대편까지 관통하는 밤이라면,
거인이 움직입니다
그날은 아무리 느린 거인이라도
세상 끝에서 끝까지 다녀 볼 수 있습니다
나는 날아 봅니다 괜히 발끝을 휘저어 봅니다
떼를 지어 날던 거북이들 채여 나갑니다

(……)

거인은 어떤 지붕 아래도 들어갈 필요가 없으므로,
거인입니다
나는 가져온 지붕들을 모아 놓고 잠이 듭니다
지붕들은 내게 잘 보이려는지 오래도록
헝클어진 정수리를 다듬습니다

——「지붕 수집가」에서

시에서 '나'는 지금 세계의 상층("지붕")을 마음대로 바꿀
수 있는 "거인"이다. 달리 말하자면 이는 기존 세계가 가지
고 있는 서열, 혹은 질서를 얼마든지 뒤바꿀 수 있는 능력이
'내'게 있음을 '나' 자신이 인식하고 있다는 얘기다. '나'는
"어떤 지붕 아래도 들어갈 필요" 없이, "발끝을 휘저"으며
마음껏 움직인다. 그러다가 편안하게 "잠이" 들기도 한다. 이
러한 움직임 가운데 기존과는 다른 질서가 마련되고("지붕
들은 "헝클어진 정수리를 다듬습니다"), '내'가 전적으로 관장
하는 세계에서 나의 자유는 무기한 연장된다. '나'는 이윽고
내가 있는 세계를 오롯이 느끼는 이로 거듭난다.

지금 세계를 너무나 거대해서 결코 감당할 수 없는 공간
으로 방치해 두기보다, 내가 감당할 수 있는 크기로 축소시
켜 거기에 있는 힘껏 개입할 때에야 보이는 게 있을 것이다.

우선은 그렇게 축소된 세계에선 '나'라는 사람이 느끼는 감각이 다르고, 내가 발휘할 수 있는 의지의 정도도 다르다. 「닥터 슬럼프」라는 시를 떠올려 보자. 시에서 "수많은 배를 띄운 왕국의 주인"으로 상정된 "우리"는 "도무지 아무것도 쓰지 못하는 밤"이 와도 그 밤에 펼칠 "돛"과 그 밤에 터뜨릴 "폭죽"을 한가득 소유하고 있으므로, 아무것도 씌어 있지 않은 페이지 위에서도 충분히 황홀할 수 있는 "눈을 잃은 연인"이 된다. 「기념일」에선 어떤가. "배가 부른 섬"으로 상정된 "우리"는 깜깜한 "밤"을 품어 낼 수 있는 존재이기도 해서 계절의 변화를 체감할 수 있는 순간들을 "기념일"로 묶어 두는 능력을 발휘하기도 한다. 배수연식으로 축소된 세계에서 '우리'라는 존재는 확장된 능동성을 지닌 채 스스로 있는 힘껏 고양되는 순간을 맞이한다.

이뿐만이 아니다. 지금 이곳의 세계를 축소시키는 일은 세계에 대한 사유를 '수사학적'으로 진행한다는 말, 즉 시인이 비유를 통해 잉태되는 세계를 긍정함으로써 지금껏 세계를 지탱한다고 알려져 왔던 진리 개념조차도 "일군의 비유", "시적으로, 수사학적으로 상승되고 전이되고 치장"된 일련의 "환영"일 뿐임을 급진적으로 선포하는 일이기도 하다.* 그런 일은 시적 장면의 한가운데에서 터져 나오는 온갖 말

---

* 형이상학적인 진리 개념을 붕괴시키는 니체의 입장을 참조하여 썼다. 페터 지마, 김혜진 옮김, 『데리다와 예일학파』(문학동네, 2001), 40쪽 참조.

들도 그 자리에서 질서를 창안하여 새로이 뒤척일 수 있게 만든다. 말놀이(pun)로 새로운 질서를 짜는 일이 천연덕스럽게 벌어진다는 얘기다.

너무 좋아 트럼펫과 트램펄린이 쉼 없이 황금색으로 구워지는 따뜻함 속에서 너와 내가 속을 하얗게 파고들며 가는 손가락 사이로 부드러운 살을 만지는 시간— 엄마, 오늘 우리는 장롱 속에서 별을 낳을 거야 우리가 태어났을 때처럼 두드리면 실로폰 소리가 나는— 아이들은 해가 넘어가는 시간에 트럼펫과 트램펄린이 나란히 지구 한 바퀴 돌아오는 것을 본다

—「트럼펫 트램펄린」에서

아, 나의 엄지와 검지와 중지— 그 사이에서 가장 뜨거운 몸통
빛나는 활자를 두르고 마른 종이 위로 걸어 나와
관자놀이를 누르고 정수리를 쪼개 놓는
도시의 전광판엔 언제나 시가(市價) 백지수표
고대의 현자와 아들과 딸들이 밀실과 광장의 카페에서 끝없이 돌려 피우며 입을 맞춰 외치는 후렴

아직 우리에겐 시가, 시가

「트럼펫 트램펄린」은 숨을 차고 넘치게 하여 트럼펫이 연주되는 순간 포착되는 공기의 울림과 아이들의 점프로 나타나는 트램펄린의 탄성을 교차시키면서 완성되는 어떤 날의 오후를 그린다. 비슷한 자음의 반복으로 마련되는 리듬 위에서 '트럼펫'과 '트램펄린'의 수직 운동이 펼쳐질 때,('트럼펫'은 "부우 하고 부푸는 볼의 바람"을 악기에 불어 넣었다 뺐다 하는 운동성을 만들어 내고, '트램펄린'은 아이들이 직접 "올라갔다" "떨어"지는 운동성을 출현시키는데 이들 모두 "구슬땀"이 위에서 아래로 흐르도록 유인한다는 공통점을 가지고 있다.) 오후의 햇볕은 사방에 번지면서 에로스적인 에너지를 탄생시킨다.("황금색으로 구워지는 따뜻함 속에서 너와 내가 속을 하얗게 파고들며 가는 손가락 사이로 부드러운 살을 만지는 시간") 이 시에는 진리를 구축하는 엄숙한 과정 없이도, 등장하는 온갖 말들이 저들끼리 관계를 맺으면서 하루라는 시간을 마련하고 생의 충동을 잉태시키는 상황이 있다. 중요한 건 "부드러운 살을 만지는" 구체적인 감각의 순간이 그 사이에서 불쑥 솟아난다는 것.

「우리에게 시가」를 볼까. 이 시에서도 말놀이는 엉뚱한 의미의 저장소로 역할을 한다. 가령, '담배(cigarette)'이기도 하고 '시(詩)'와 '노래(歌)'이기도 하며 때때로 교환 가치가 매겨지는 '가격(市價)'이기도 한 "시가"라는 말을 요모조모로 활

용했을 때 우리가 도달할 수 있는 결론이란, "아직" 우리에겐 무언가를 탄생시킬 수 있는 가능성의 시간이 더 있다는 것.(마지막 연의 '시가'는 "時가, 時가"로 읽히기도 하는 것이다.) 손으로 잘 만져지지 않는 연기를 내뿜는 '시가(cigarette)'의 "뜨거운 몸통"을 "엄지와 검지와 중지"로 만지면, '시가'의 연기는 사라지지 않고 다른 의미의 시가들을 툭툭 만들어 내는 상황을 마음껏 선보이고 있다. 이쯤이면 시인이 펼쳐 내는 상상의 연금술은 구체적인 감각이 살아나는 곳에서 지시성을 획득한다고 말해도 될 것 같다.

3 최선의 몸짓으로 기쁨을 맞이할 것

시인은 왜 이토록 세차게 지금 이곳을 자신만의 세계로 축소시키고, 그 앞에 선 자신의 능력을 적극적으로 확장시키는 걸까. 구체적인 감각을 매개로 맞이하려는 기쁨에 대한 열망이 그 누구보다 커서인가.

아마도 그럴 것이다. 그렇지 않으면 "손목이 아픈 소녀들과 결혼하여" "새 민족의 시조가" 되는 일을 "위대한 일"이라 생각하는 폭력적인 존재가 장악한 역사를 응당 신화화하여 받아들여야 하고(「방주」), "온통 탁한" "오렌지빛 줄무늬 교복을 입고 있"어야만 하는 숨 막히는 성장의 시간을 견뎌야 할 뿐만 아니라(「오렌지빛 줄무늬 교복」), 음험한 일들이 일어나는 노동의 현장을 당연하다고 여겨야 하는(「엉덩이가 많은 정원」) 지금의 세계에서 도무지 구원의 길을 찾을 수 없기 때문이다.

오늘 우리가 읽은 배수연의 방식을 이르러, 별다른 방편이 없다면 스스로 무너지기 십상인 이 세계에서 자신을 수호하기 위한 최선의 몸짓이라고 해도 될까. 어쩌면 기꺼이 그래도 된다는 게 이 글의 속내겠다. 시인의 사적인 구원에의 갈망은 시 곳곳에 기쁨(Joy)을 맞이하는 통로를 마련함으로써 우리 모두가 지옥 같은 '지금 이 순간'을 감당하기 위해 일구는 공공 작업의 진행으로 전환된다. 자기 자신을 살리는 방식을 알고 있어야 자신이 사는 세상도 살릴 수 있는 법이다. 배수연은 살기 위해, 살리기 위해 최선을 다해 기쁨과 만난다.

스스로 누군가를 위해 태어났다고 생각하는 것은 너무나 무거워서

우리는 일부러 하품을 크게 했지만

한 번도 서커스 단원들을 잊어 본 적이 없습니다

우리는 매일 커다란 단지에 눈물을 쏟고 코끼리 여물을 삶았습니다

뜨거운 김을 쐬어 눈알을 씻으면

천막 밖으로 아직은 너그러운 바람과

누구도 보지 못한 짐승의 냄새

손바닥이 따뜻한 당신의 휘파람과

그래도 가끔씩은

우리를 대신해 그네에 오르는 별들이 녹으면서

싸르락 싸르락 반짝였습니다

　　　　　　　　　—「우리들의 서커스」에서

　시인이 이르건대, 기쁨은 "너무나 무거워"지는 생각이 아
닌 "일부러 하품을 크게" 하는 장난 사이로 온다. 혹은 "여
물을 삶"는 지겨운 노역의 순간 그때 불어오는 "너그러운
바람"과 생생한 생명의 "냄새", "따뜻한" "손바닥"의 감촉과
내 곁을 감싸는 다정한 이의 "휘파람"으로 기쁨은 온다. 기
쁨이 오는 순간을 섬세하게 감지하는 것만으로도 우리는 우
리 자신에 대해 얼마든지 다르게 기록할 수 있다. 우리 자신
을 "싸르락 싸르락" 빛나게 기억할 수 있다. 요컨대 지금과는
다른 사람으로 있을 수 있다. 그걸 당부하기 위해 배수연은
반짝이는 사탕과 같은 시를 오늘 우리의 입속에 쏘옥 하니
넣어 준 것일지도 모른다.

지은이   배수연

1984년 제주에서 태어났다.
이화여자대학교에서 서양화와 철학을 전공했다.
2013년 《시인수첩》으로 등단했다.

조이와의 키스

1판 1쇄 펴냄 2018년 2월 9일
1판 6쇄 펴냄 2022년 9월 7일

지은이 배수연
발행인 박근섭, 박상준
펴낸곳 (주)민음사

출판등록 1966. 5.19. (제16-490호)
서울특별시 강남구 도산대로1길 62(신사동)
강남출판문화센터 5층 (06027)
대표전화 02-515-2000 / 팩시밀리 02-515-2007
www.minumsa.com

ⓒ 배수연, 2018. Printed in Seoul, Korea

ISBN 978-89-374-0864-9 04810
       978-89-374-0802-1 (세트)

민음의 시
목록